ACADEMI ARCHARWYR

Taran a Dydd y Farn

Alan MacDonald

Darluniau Nigel Baines

Addasiad Mari George

D1412958

Academi Archarwyr 4:
Taran a Dydd y Farn

ISBN 978-1- 84967-363-1

Cyhoeddwyd gan Rily Publications Ltd
Blwch Post 257,
Caerffili CF83 9FL

Addasiad gan Mari George
Hawlfraint yr addasiad © Rily Publications Ltd 2017

Hawlfraint y testun gwreiddiol: © Alan MacDonald 2016
Hawlfraint y darluniau: © Nigel Baines 2016

Cyhoeddwyd gyntaf yn Saesneg ym Mhrydain
yn 2016 gan Bloomsbury Publishing Plc,
50 Bedford Square, Llundain WC1B 3DP, dan y teitl
Superhero School: Thunderbot's Day of Doom

Argraffwyd a rhwymwyd ym Mhrydain
gan CPI Cox & Wyman Ltd, Reading, Berkshire, RG1 8EX

Cyhoeddwyd gyda chymorth ariannol
Cyngor Llyfrau Cymru.

www.rily.co.uk

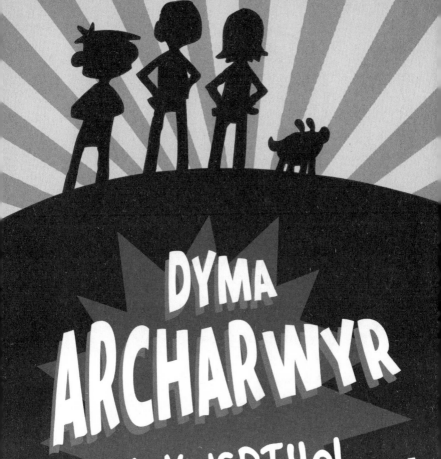

DYMA ARCHARWYR

YSGOL Y NERTHOL ...

CRWTYN CRYF (sef Siôn)

PWERAU ARBENNIG: Clustiau cryf sy'n synhwyro perygl

HOFF ARF: Tidliwincs

CRYFDERAU: Goroesi er gwaetha popeth

GWENDIDAU: Poeni o hyd

ARCH-SGÔR: 53

FFION FFRISBI (sef Ffion)

PWERAU ARBENNIG: Taro'r targed

HOFF ARF: Ffrisbi, WRTH GWRS

CRYFDERAU: Trefnus, y bòs

GWENDIDAU: Gweler uchod

ARCH-SGÔR: 56

BARI BRÊNS (sef Bari)

PWERAU ARBENNIG: Ymennydd anhygoel

HOFF ARF: Cwestiynau cwis

CRYFDERAU: Ym . . .

GWENDIDAU: Casáu ymladd

ARCH-SGÔR: 41.3

Y DEWRION

PWDIN, Y CI RHYFEDDOL

PWERAU ARBENNIG: Arogli pethau neis

HOFF ARF: Llyfu a glafoerio

CRYFDERAU: Ffyddlondeb

GWENDIDAU: Fel clwtyn llawr mawr

ARCH-SGÔR: 2

DOEDD E DDIM YN MEDDWL AM DDIM BYD ARALL

BOB DYDD, BYDDAI'N YMARFER DWEUD Y TYWYDD!

Bu Wmffra'n darogan y tywydd bob dydd, yn law neu'n hindda, nes iddo weld ...
TOESYN AM DDIM!
50c
Y DRYCH DYDDIOL
AI HWN YW'R DYN MWYAF DIFLAS AR Y SGRIN?

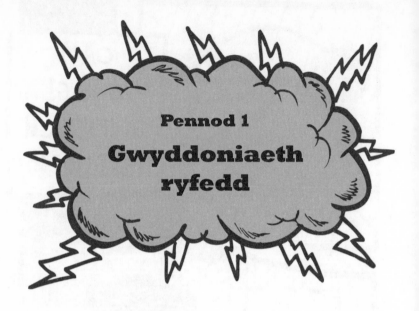

Pennod 1
Gwyddoniaeth ryfedd

Roedd hi'n dymor yr haf yn Ysgol y Nerthol, ac roedd y disgyblion yn gweithio'n brysur yn y labordy. Yn eu plith roedd Siôn, Bari, Ffion a Pwdin y ci rhyfeddol, sef pedwar aelod

y Dewrion.

Bob blwyddyn, byddai Gwobr Wyddoniaeth y Fonesig Nansi Nyten yn cael ei rhoi i'r disgybl oedd yn creu'r ddyfais wyddonol fwyaf gwreiddiol.

A gan mai Ysgol y Nerthol oedd hon –
yr ysgol i archarwyr ifanc – nid dyfeisiadau
cyffredin fyddai'r rhain. Roedd ffrindiau Siôn
wrthi'n creu clogynnau goresgyn tân, esgidiau
di-sŵn a dyfeisiadau darganfod bochdewion
coll. Doedd Siôn ddim wedi ennill gwobr
wyddoniaeth erioed – a dweud y gwir, doedd e
ddim wedi ennill unrhyw beth erioed, heblaw
am bysgodyn aur yn y ffair.

'Dyna ni,' meddai, gan dynhau sgriw a
gwisgo'i ddyfais am ei ben. 'Beth am hon?'

Gwgodd Ffion.

'Sbectol,' meddai. 'Beth sy'n wreiddiol am
hynny?'

'A-ha', meddai Siôn. 'Ond beth am sbectol
yn y glaw?'

'Dwi ddim yn gwisgo sbectol,' meddai
Ffion.

'Ond beth taset ti?' mynnodd Siôn. 'Y cwbl
sydd rhaid i ti ei wneud yw gwasgu'r botwm
bach yma a …'

Wfftiodd Ffion. 'Wir?' meddai. 'Sbectol â weipars?'

'Gwych, ontife?' meddai Siôn. 'Perffaith ar gyfer hedfan yn y glaw. A 'drycha ar hwn: mae ganddi ddau gyflymdra – cyflym a chyflym iawn.'

Gwthiodd y botwm eto ac gwibiodd y weipars bach 'nôl a 'mlaen yn gynt. Diffoddodd Siôn nhw.

'Clyfar *a* gwreiddiol,' meddai'n falch. 'Yn enwedig os wyt ti'n digwydd gwisgo sbectol.'

'Ond dydw i ddim,' meddai Ffion eto. 'Faint o archarwyr sy'n gwisgo sbectol?'

'Wel, mae Bari'n un,' atebodd Siôn. 'Dyw e ddim yn archarwr eto, ond fe fydd e ryw ddiwrnod. Ble mae e, gyda llaw?'

Roedd Bari mewn cornel o'r labordy'n gorffen creu pâr o fenig. Roedden nhw'n edrych fel menig digon cyffredin, ond eu bod wedi'u gwneud o ddefnydd anarferol o sgleiniog, oedd yn loyw fel barrug.

'Beth yw hyn – menig ffwrn crand?' holodd Siôn.

'Doniol iawn,' meddai Bari. 'Tria nhw.'

Gwisgodd Siôn y menig.

'Sut maen nhw'n teimlo?' gofynnodd Bari.

'Braidd yn rhy fawr,' meddai Siôn. 'Dy'n nhw dim y pethe pertaf, nag y'n nhw?'

'Nid dyna'r pwynt,' meddai Bari.
'Beth maen nhw'n ei wneud sy'n bwysig.'

'Beth *maen* nhw'n ei wneud?' gofynnodd
Ffion.

'Maen nhw'n fagnetig,' eglurodd Bari.
'Menig Mega – dyna fyddan nhw. Mae'r miliwn o
ficroffibrau magnetig sydd ynddyn nhw'n rhy fach
i'w gweld gyda'ch llygaid.'

Edrychodd Siôn yn syn. Er mai Bari Brêns
oedd ei enw archarwr, roedd y menig yn swnio
braidd yn anghredadwy. Symudodd Siôn ei
fysedd.

'Shwt maen nhw'n gweithio?' holodd.

Yn sydyn, saethodd rhywbeth oddi ar y ddesg a glynu at y Menig Mega. Clip papur oedd e! Eiliad yn ddiweddarach, ymunodd sgriwdreifer â'r clip, wedyn siswrn ac yna'r tag oddi ar goler Pwdin. Ymhen eiliadau, roedd y menig wedi'u gorchuddio gan wrthrychau metel.

'Waw!' rhyfeddodd Ffion. 'Maen nhw *yn* fagnetig!'

'Wrth gwrs eu bod nhw,' meddai Bari. 'Tase rhywun yn pwyntio gwn laser atat ti, gallet chi eu diarfogi nhw.'

'Menig magnetig?' meddai llais yn wawdlyd. 'Dyna wreiddiol!'

Trodd pawb a gweld Norman Llwyd yn ei sbectol drwchus, a golwg hunanfodlon ar ei wyneb, fel arfer. Norman oedd y llipryn mwyaf yn yr ysgol. Byddai'n cael y bendro wrth sefyll ar gadair, ond ar y llaw arall, roedd yn athrylith gwyddonol. Gwisgai ei got wen ei hunan i'r gwersi, hyd yn oed. Roedd e wedi bod yn aros yn hwyr ar ôl ysgol ers wythnosau er mwyn gweithio ar ryw brosiect cyfrinachol.

Rhythodd Bari arno. 'Beth sydd gan hyn i'w wneud â ti, Norman?'

'Paid â gwastraffu dy amser,' atebodd Norman. 'Dwyt ti ddim yn mynd i ennill y Wobr Wyddoniaeth â phâr o fenig ffwrn, wyt ti?'

'Menig *Mega*,' mynnodd Bari.

'Mega, wir,' wfftiodd Norman.

'A beth wyt ti wedi'i ddyfeisio 'te, Norman?'
gofynnodd Ffion.

Tapiodd Norman ochr ei drwyn â'i fys.
'Dyw e ddim o'ch busnes chi,' crechwenodd.
'Gewch chi weld fory!'

A bant ag e. Ochneidiodd Siôn. 'Mae e'n
mynd ar fy nerfau i weithiau,' meddai.

'Beth ti'n feddwl "weithiau"?'
gofynnodd Bari.

Yr eiliad honno, daeth y brifathrawes,
Miss Marblen, i mewn i'r labordy. Curodd ei
dwylo i gael eu sylw.

'Nawr, fel y gwyddoch chi, byddwn ni'n
cynnal cystadleuaeth y Gwobrau Gwyddoniaeth
fory,' meddai. 'Byddwn yn dewis y tri gorau i
fod yn y rownd derfynol, ac eleni, dwi'n falch
iawn o ddweud bod gwestai arbennig yn dod
i Ysgol y Nerthol i gyflwyno'r brif wobr –
rhywun enwog iawn, a dweud y gwir!'

Aeth gwefr o gyffro drwy'r ystafell.

Pwy oedd Miss Marblen wedi'i wahodd? Pêl-droediwr enwog neu seren ffilm hardd? Gobeithiai Siôn mai Capten Cadernid oedd e, gan mai ef oedd archarwr enwocaf y blaned, a wyneb hysbysebion Gel Gwallt Twtio.

Arhosodd Miss Marblen i'r plant setlo.

'Rydych chi'n lwcus iawn fod ein Gwobr Wyddoniaeth yn cael ei chyflwyno eleni gan ... Wmffra Wyn.'

Wmffra Wyn? Edrychodd Siôn a'i ffrindiau ar ei gilydd mewn penbleth.

'Chi'n adnabod Wmffra Wyn! Roedd e'n arfer darogan y tywydd ar y teledu,' meddai Miss Marblen.

Rholiodd Siôn ei lygaid. Dyn tywydd? Roedd e'n disgwyl rhywun oedd wir yn enwog. Doedd Siôn ddim erioed wedi deall pam roedd ei rieni'n gwylio'r tywydd bob nos. Heb os, honno oedd y rhaglen fwyaf diflas ar y teledu!

Roedd Miss Marblen wedi tynnu sgrin o'r wal, ac roedd wrthi'n dangos pwt o ffilm iddyn nhw oddi ar y we. Roedd dyn mewn siwt lwyd a thei yn darllen rhagolygon y tywydd mewn llais oedd yn fwy diflas na niwl ar ben yr Wyddfa.

... A fory, bydd hi'n ddiwrnod sych arall ag ychydig o darth a fydd yn clirio yn ystod y bore ...

Diffoddodd Miss Marblen y sgrin a throi
'nôl at y dosbarth.

'Dyna i chi Wmffra Wyn!' meddai.

Ond doedd neb yn gwrando achos roedden
nhw i gyd yn cysgu.

PAID Â BOD YN DDA

BYDD YN WYCH

EIDDO

YSGOL Y NERTHOL

Llawlyfr Canllaw Archarwyr

Popeth sydd angen i chi ei
wybod er mwyn achub y byd.

2
TACLO
TECLYNNAU

Yn y ddyddiau a fu, roedd archarwyr yn datrys argyfwng â dim byd ond eu nerth, eu dawn i ymateb yn gyflym a'u craffter. Ond mae pethau wedi newid. Erbyn heddiw, mae gan ymladdwyr troseddau fwy o declynnau na gorsaf ofod.

Dyma rai enghreifftiau o oriel y goreuon:

1. ESGIDIAU HEDEGOG

Pam cerdded os galli di hofran?

2. CHWYDD-SIWT

Wyt ti'n fach neu'n eiddil? Ydy gelynion yn cicio tywod i dy wyneb? Dim problem – rho wynt yn y siwt yma er mwyn cael cyhyrau fel archarwr ymhen eiliadau.

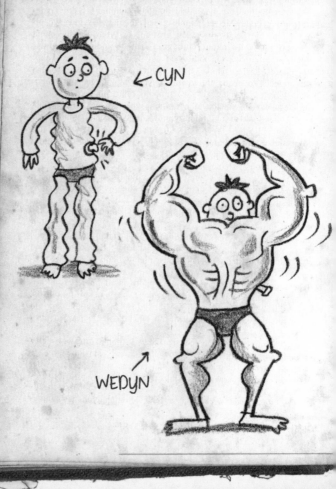

← CYN

WEDYN

3. GWREGYS OFFER

Ar gyfer yr anturiaethau rheiny pan nad wyt ti'n gwybod beth i'w ddisgwyl.

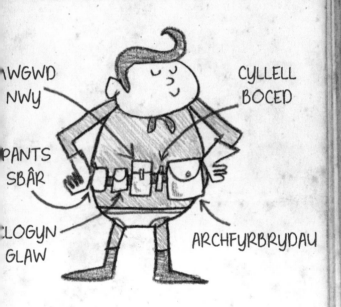

MWGWD NWY

CYLLELL BOCED

PANTS SBÂR

CLOGYN GLAW

ARCHFYRBRYDAU

4. GWM CNOI
LLEN FWG

Mewn twll? Mae gwm cnoi llen fwg
yn ddefnyddiol.

5. SBECTOL FARWOL

Gyda'r sbectol yma, wnaiff neb dynnu
dy goes di byth eto.

Pennod 3
Robofflop

Eisteddai Siôn yn neuadd yr ysgol yn chwarae gyda'i sbectol atal glaw. Roedd y beirniaid – Miss Marblen, Mr Brân a Miss Pwyth – wedi archwilio prosiectau'r plant, ac roedd y Brifathrawes ar fin cyhoeddi enwau'r tri oedd yn mynd ymlaen i'r rownd derfynol.

Doedd Siôn ddim yn obeithiol. 'Hmm, neis iawn, Siôn,' oedd barn Miss Marblen am ei ddyfais, heb fawr o frwdfrydedd yn ei llais.

Roedd yr Archdennyn Hir ddyfeisiodd

Ffion wedi dal sylw Miss Pwyth, ond
dywedodd ei fod yn fwy addas i berchnogion
cŵn nag i archarwyr.

Daeth Miss Marblen i'r llwyfan gyda
dyn mewn siwt lwyd siabi a thei ofnadwy.
Gwelodd Siôn yn syth mai Wmffra Wyn oedd
hwn, y cyn-ddyn tywydd a'r gwestai arbennig.
Doedd e ddim yn edrych fel petai'n cael ei

ddilyn gan dyrfa o bobl
yn gofyn am ei lofnod
bob man yr âi.

Chwiliodd
Miss Marblen am ei
sbectol ddarllen a dod
o hyd iddi ar ei phen.
Gwenodd.

'Wel, mae'r beirniaid
wedi'u plesio'n fawr gan
amrywiaeth eich
syniadau,' meddai.
'Ond mae'n rhaid
dod o hyd i enillydd,
felly rydyn ni wedi dewis y tri olaf. Bydd
cyfle ganddyn nhw i ddangos eu prosiectau
i ni. Yn gyntaf, Tabitha Spinks.'

Rhedodd Tabitha, merch â gwallt cyrliog
gwyllt, i'r llwyfan.

'Fy nyfais i yw'r pensil sy'n ffrwydro,'
cyhoeddodd.

Ochneidiodd Bari, ond cymerodd Siôn sylw. Byddai hwn yn werth ei wylio.

'Gallwch chi ddefnyddio fy mhensil i mewn unrhyw sefyllfa,' eglurodd Tabitha, 'i ddianc drwy chwythu twll mewn wal, er enghraifft. Gwasgwch y botwm ar y pen fel hyn, camu 'nôl ac aros.'

Gosododd y pensil ar y llwyfan a symud i'r ochr. Roedd Miss Marblen a'r lleill yn eu cwrcwd a'u bysedd yn eu clustiau. Dechreuodd Tabitha gyfri, ac ymunodd ei ffrindiau â hi …

'PUMP, PEDWAR, TRI, DAU, UN …!'

Dim byd.

'O,' meddai Tabitha. 'Ym.'

Daeth Miss Marblen ati gan gamu'n ofalus.

'Diolch, Tabitha, mae'n syniad hyfryd, ond efallai fod angen mwy o waith arno,' meddai. Rhoddodd Tabitha'r pensil yn ei phoced yn drist, ac roedd hi ar fin gadael y llwyfan pan …

36

Cymeradwyodd y gynulleidfa.

Sylwodd Siôn fod Wmffra Wyn yn edrych yn ddryslyd. Doedd neb wedi egluro wrtho mai ysgol i ddarpar archarwyr oedd Ysgol y Nerthol. Roedd e siŵr o fod yn methu'n lân â deall pam bod disgyblion yn cael arbrofi â phensiliau ffrwydrol.

Aeth Miss Marblen yn ei blaen yn gyflym. 'Croeso i'r cystadleuydd nesaf. Ble mae Bari?'

Cafodd Bari sioc. Curodd Siôn e ar ei gefn.

'Dymuna lwc i fi,' meddai Bari o dan ei anadl. Dringodd i'r llwyfan a mynd at y meicroffon.

'Dyma fy mhrosiect gwyddoniaeth – Menig Mega,' meddai, gan eu dal i fyny. 'Efallai eu bod yn edrych fel menig cyffredin, ond maen nhw'n llawn miliynau o ficroffibrau magnetig …'

Roedd y gynulleidfa'n llawn diddordeb, yn bennaf am nad oedd ganddyn nhw syniad am beth roedd e'n siarad.

'Beth am i mi ddangos i chi?' meddai Bari. 'Dychmygwch fy mod mewn ystafell wedi'i chloi a'r allwedd allan o 'nghyrraedd.' Gosododd allwedd ar fwrdd wrth ochr Wmffra Wyn a chamu yn ei ôl.

Gan wisgo'r Menig Mega, estynnodd ei freichiau. Ar unwaith, saethodd yr allwedd ar draws y llwyfan ac mewn i'w faneg.

Yn anffodus, doedd Bari ddim wedi meddwl am y pethau metel eraill allai fod ar y llwyfan – sbectol Miss Marblen, cwpan y Wobr Wyddoniaeth a bwcwl gwregys Wmffra Wyn, ymhlith nifer o bethau eraill. Saethodd y cyfan at fenig magnetig Bari.

Mewn tawelwch lletchwith, aeth Bari â'r eitemau yn ôl at eu perchnogion. Wrth iddo adael y llwyfan, dim ond Siôn a Ffion wnaeth gymeradwyo.

'Wel, aeth hwnna'n dda,' meddai Siôn wrth i Bari eistedd.

'Mae angen i fi wneud rhai newidiadau,' mwmiodd Bari. 'Mae'r magnet yn fwy pwerus nag ro'n i'n feddwl.'

Roedd un cystadleuydd ar ôl, ac ni synnodd neb o weld mai Norman Llwyd oedd hwnnw. Aeth i'r llwyfan yn gwisgo'i got wen a'i sbectol warchodol, yn edrych yn debycach i wyddonydd gwallgo nag arfer. Roedd lliain gwyn yn gorchuddio'i brosiect.

'Ocê, gwrandwch, dwpsod,' meddai. 'Fe dria i wneud hyn yn hawdd i chi ei ddeall. Enw fy nyfais i yw … ALBOT.' Tynnodd y flanced wen.

Roedd Wmffra Wyn ar flaen ei sedd. Doedd e'n sicr ddim wedi disgwyl gweld robot.

41

Gwasgodd Norman fotwm ac fe gliciodd
a throellodd y robot, a throi ei ben at y
gynulleidfa. Gwenodd Norman.

'Gofynnwch gwestiwn iddo fe,' meddai.

'Iawn,' meddai Miss Marblen. 'Beth yw enw fy nghath?'

Rholiodd Norman ei lygaid.

'Cwestiwn gwyddonol!' dwrdiodd. 'Mae Albot wedi'i raglennu i adnabod newidiadau meteoregol.'

'Sori?' meddai Miss Marblen.

'Mae e'n gallu darogan y tywydd – a dyw
e byth yn anghywir,' meddai Norman.

Cododd Wmffra Wyn o'i sedd. Y tywydd
oedd ei faes e, wedi'r cwbl.

'Beth am ddechrau gyda rhywbeth syml
– beth fydd y tywydd am 2.35 pm yn union?'
gofynnodd.

Edrychodd Siôn ar y cloc. Roedd hi'n
2.30pm. Gofynnodd Norman y cwestiwn eto.
Gwichiodd Albot wrth i oleuadau fflachio yn
ei ben. Siaradodd mewn llais cras, electronig.

TYWYDD AR GYFER 2.35 PM, 11 MEHEFIN. GLAW ... MAWR ...

Edrychodd Siôn drwy'r ffenest. Roedd
yr awyr yn las ac roedd glaw mawr yn edrych
mor debygol â phla o lyffantod. Bu tawelwch
hir wrth i bawb aros yn eiddgar. Digwyddodd
dim byd, ond fe ddiflannodd gwên hunanfodlon
Norman. Camodd Miss Marblen ymlaen.

'Wel, diolch, Norman. Mae robot sy'n siarad yn glyfar iawn, ond falle'i bod yn well gadael darogan y tywydd i …'

TWRW, TWRW…

Cafodd ei geiriau hi eu boddi gan sŵn taran uchel. Eiliadau yn ddiweddarach, hyrddiai glaw mawr yn erbyn y ffenest fel cenllysg anferth.

Yna, mor sydyn ag y dechreuodd, stopiodd y glaw. Edrychodd Siôn ar y cloc – roedd hi wedi bwrw glaw am 2.35pm, i'r union eiliad.

Gwelwodd Wmffra Wyn yn sydyn.

'Ond … mae hynny'n … amhosib,' meddai.

'Wedes i,' meddai Norman yn fuddugoliaethus. 'Dyw Albot byth yn anghywir, ac mae e'n gallu gwneud llawer mwy na hynny.'

'Diolch, dyna ddigon am nawr', meddai Miss Marblen. Cyhoeddodd fod y beirniaid yn mynd o'r neuadd i drafod pwy fyddai'n ennill. Edrychodd Siôn ar Bari a Ffion.

'Roedd hwnna'n wallgo!' meddai.
'Sut gwnaeth Norman y fath beth?'

Cododd Bari ei ysgwyddau. 'Tric yw e,
gei di weld,' meddai. 'Bydde fe wedi edrych
ar ragolygon y tywydd cyn dod i'r neuadd.'

'Hyd yn oed wedyn, dechreuodd y glaw
yn syth,' nododd Ffion.

'OS taw glaw oedd e,' meddai Bari. 'Efallai
fod rhywun ar y to yn taflu bwcedi o ddŵr?'

Doedd hi ddim yn ymddangos felly. Wrth i Siôn ystyried y peth, yr unig esboniad oedd bod robot Norman wir yn glyfar. Ond roedd hynny'n amhosibl. Allai neb ragweld y tywydd i'r union eiliad.

Roedd Miss Marblen ac Wmffra Wyn yn ôl ar y llwyfan. Daliai Wmffra gwpan y Wobr Wyddoniaeth yn dynn.

'Dwi'n falch o gyhoeddi enw enillydd Gwobr Wyddoniaeth y Fonesig Nansi Nyten,'

meddai. 'Eleni mae'r wobr yn mynd i …
Norman Llwyd.'

Ochneidiodd Bari mewn siom.

''Sdim ots. Roeddet ti'n un o'r tri olaf,'
meddai Ffion.

Ysgydwodd Bari ei ben. 'Robot tun sy'n
darogan y tywydd?' cwynodd. 'Go brin fod
hwnnw'n mynd i newid y byd.'

'Falle ddim,' cytunodd Siôn. Ond wrth
iddo siarad, crafodd ei glust dde. Roedd ei
glustiau'n cosi bob tro byddai perygl wrth law
… ac roedden nhw'n
cosi yr eiliad honno.

Pennod 4

Pen neu gynffon

Yn hwyrach y prynhawn hwnnw, gwthiai Norman Llwyd Albot ar hyd y coridor. Yn ei boced roedd y tocyn llyfr a dderbyniodd am ennill y Wobr Wwyddoniaeth, ac roedd e'n meddwl sut i'w wario. Efallai y byddai'n prynu *101 o Brosiectau Gwyddoniaeth i Athrylithoedd Ifanc*, llyfr yr oedd wedi bod yn ei lygadu ers amser. Wrth iddo basio'r labordy, sylwodd fod golau ymlaen.

'Helô? Pwy sy 'na?' galwodd. Yn sydyn,

cydiodd rhywun ynddo, ei dynnu drwy'r drws, a'i gau yn glep ar ei ôl.

Cafodd ei wthio i gadair, a lamp llachar yn ei ddallu. Camodd rhywun o'i flaen.

'Mr Wyn!' meddai Norman yn syn.

'Helô, Norman,' gwenodd Wmffra Wyn. 'Ro'n i'n meddwl gallen ni'n dau gael sgwrs fach, jest ti a fi.'

'Ond dwi fod 'nôl yn fy ngwersi,' protestiodd Norman.

'Paid â phoeni, fyddwn ni ddim yn hir,' atebodd Wmffra. 'Felly dwed wrtha i, sut gwnest di hyn?'

'Sut gwnes i beth?' gofynnodd Norman

'Paid â rwdlan! Y tric gyda'r glaw,' arthiodd Wmffra.

'Nid tric oedd e,' meddai Norman.

Crynai mwstásh bach Wmffra'n ddiamynedd. Pwysodd yn nes ato. Gallai Norman wynto wy ar ei anadl.

'Ti'n dweud wrtha i fod dy robot di'n gallu darogan y tywydd, i'r union eiliad?' hisiodd.

'Wel na, ddim "darogan",' cyfaddefodd Norman. 'Mae unrhyw ffŵl yn gwybod na allwch chi wneud 'ny. A dweud y gwir, dwi wedi medru rhaglennu Albot i newid y tywydd.'

Culhaodd llygaid Wmffra.

'Newid? Rheoli'r tywydd rwyt ti'n feddwl?' gwgodd.

'Ie, yn gwmws,' meddai Norman. Roedd e'n trio dyfalu beth oedd Wmffra ei eisiau – y tocyn llyfr, efallai. Roedd golwg wallgof yn llygaid y dyn tywydd.

'Mae hyn yn anhygoel,' meddai Wmffra. 'Eglura, grwt. Sut mae'n gweithio?'

Pwysodd Norman ymlaen. 'Wel, yn gyntaf, fe osodais i ddargludydd D4 hypersonig yn y robot ...'

'Taw â'r manylion technegol diflas,' torrodd Wmffra ar ei draws. 'Dwi eisiau gwybod beth mae Albot yn ei WNEUD?'

'Mae'r dargludydd yn anfon neges i'r atmosffer,' eglurodd Norman. 'Gall e newid y tywydd yn ôl eich dymuniad. Glaw, iâ, eira – unrhyw beth.'

'Dargludydd?' Roedd meddwl Wmffra yn amlwg ar ras.. 'A'r tu mewn i'w ben mae hwnnw, dwi'n cymryd?'

Trodd at Albot, oedd yn gorwedd ar y llawr.

Gwyliodd Norman yn bryderus wrth i Wmffra ddatod pen y robot gyda sgriwdreifer.

Yna, fe wnaeth rywbeth mwy dychrynllyd fyth. Gosododd ben Albot dros ei ben ei hunan. Edrychai'n debyg i hanner dyn, hanner robot.

'Sut mae e'n gweithio?' mwmiodd llais aneglur o'r helmed.

'Peidiwch,' meddai Norman. 'Dyw e ddim yn saff …'

'Fi sy'n penderfynu beth sy'n saff!' gwaeddodd Wmffra. 'Dwi wedi aros am gyfle fel hyn gydol fy mywyd. Medru rheoli'r tywydd – byddai hynny fel gwireddu breuddwyd oes! Ddim yn saff, wir!'

I FFWRDD

YMLAEN

'Wir, syr,' ymbiliodd Norman. 'Dydych chi ddim yn gwybod …'

Ond boddwyd ei eiriau wrth i Wmffra wasgu'r botwm YMLAEN. Daeth sŵn craclo uchel wrth i filoedd o foltiau trydan saethu drwy helmed y robot.

56

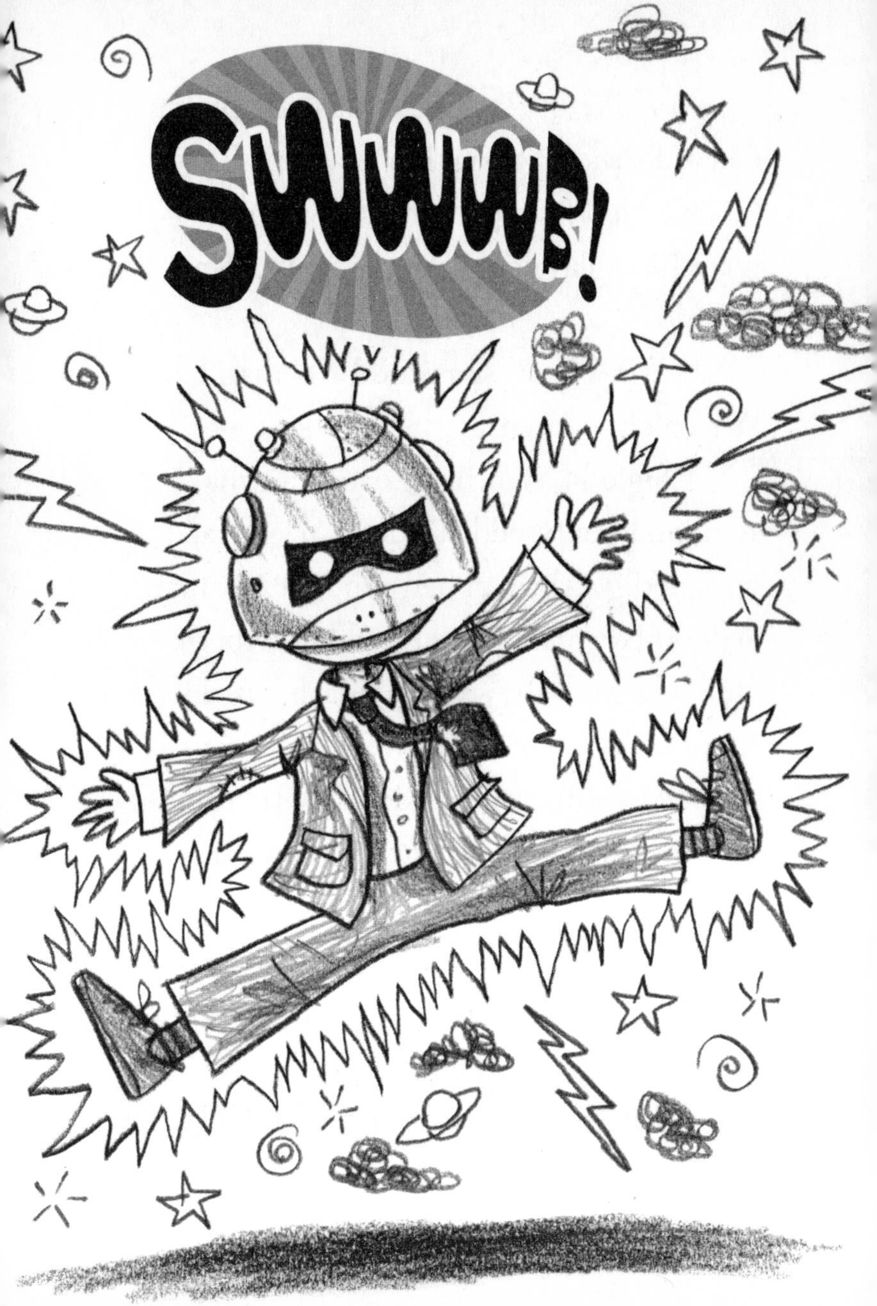
SWWWB!

Am eiliad, fflachiai Wmffra fel olwyn dân anferthol cyn syrthio'n swp i'r llawr. Gorweddodd yn gwbl lonydd wrth i wreichion glas dasgu drwy'r awyr, cyn diffodd.

'Mr Wyn?' sibrydodd Norman. 'Ydych chi'n iawn?'

Siglodd Wmffra ei droed ac yna symudodd ei fysedd. Cododd ar ei draed yn sigledig a throi ei ben robot at Norman. Syllodd Norman arno. Roedd rhywbeth ofnadwy wedi digwydd! Bellach, roedd Albot ac Wmffra Wyn yn un. Roedd yr ynni trydanol wedi creu creadur robotig mileinig (sy'n rheswm da dros beidio â chwarae â thrydan).

Ciliodd Norman tuag at y drws.

'Arhoswch fan 'na, Mr Wyn, af i i nôl Miss Marblen,' llefodd yn nerfus.

'TAWELWCH, Y LLIPRYN!' rhuodd y creadur, a'i lais yn atseinio o gwmpas y labordy. 'FI YW TARAN, ARGLWYDD Y TYWYDD!'

Aeth y robot mileinig at y ffenest a phwyntio at yr awyr. Ar unwaith, daeth clep o daran. Cropiodd Norman o dan y ddesg a chuddio'i ben.

'HE! HE! HE!' chwarddodd Taran.
Roedd Norman yn ymlusgo tuag at y drws ar
ei fol, yn ceisio dianc. Ond daeth llaw ar ei ôl
a'i godi wrth ei droed.

'Plis ... ddyweda i ddim wrth neb!'
llefodd Norman. 'Gadewch fi fynd!'

Daliodd y robot Norman wyneb i waered
fel cath wedi dal llygoden.

'Ti'n lwcus, Norman,' suodd. 'Mae angen gwas bach ar bob meistr mileinig. Felly mi gei di ddewis: ymuno â fi – ΠΕⴍ ⴼⵞⵕⵡ!'

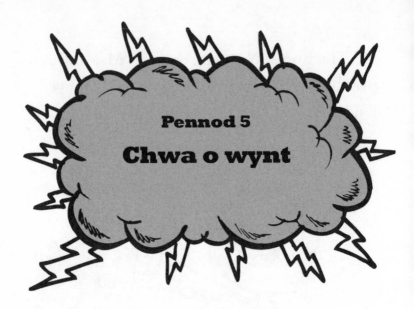

Pennod 5

Chwa o wynt

Yn y cyfamser, roedd Siôn a'i ffrindiau wedi
newid i'w dillad ymarfer corff a mynd i'r
gampfa am eu gwers. Doedd dim sôn am
eu hathro arferol. Yn ei le, safai llong ryfel
mewn tracwisg.

'Bore da, fy enw i yw Miss Bonclust,'
meddai. 'Mae Mr Prys yn sâl, felly fi yw eich
athrawes ymarfer corff am y tro.'

Edrychodd Siôn a Bari ar ei gilydd yn
bryderus.

Edrychai Miss Bonclust yn barod amdani. Roedd ei thracwisg yn dynn, dynn ar draws ei hysgwyddau llydan, a'i gwallt wedi'i dynnu'n belen ar dop ei phen.

'Ymarfer corff,' meddai. 'Pwy sy'n gwybod beth yw ystyr "ymarfer corff"?'

Cododd Bari ei law. 'Chwarae gemau?'

'Anghywir! Ymarfer y corff yw'r ateb,'
cyfarthodd Miss Bonclust. 'Mae Miss Marblen
yn dweud eich bod chi yma oherwydd eich
talentau eithriadol. Wel, dwi ddim wedi gweld
unrhyw dystiolaeth o hyn eto. Dim ond un
peth sydd o ddiddordeb i fi – cryfder
a ffitrwydd.'

'Dau beth yw rheina,' meddai Ffion.

'TAWELWCH!' gwaeddodd Miss
Bonclust. 'Deg pres-yp, NAWR!'

Wrth i Ffion benlinio, ceisiodd Siôn
feddwl am esgus i ddianc
am ei fywyd.

Rhoddodd Bari bwniad bach i Siôn.

'Ble mae Norman?' sibrydodd.

'Wn i ddim,' atebodd Siôn.

'TI!' rhuodd yr athrawes, gan eu dychryn. 'Ie, y bachgen yn y cefn! Wyt ti'n siarad tra 'mod i'n siarad?'

Cochodd Siôn. Trodd pawb i syllu arno.

'Dere 'ma,' mynnodd Miss Bonclust. Aeth Siôn i'r blaen. Dechreuodd ei glustiau gosi a'i wneud yn fwy nerfus fyth, ac roedd wynebu Miss Bonclust yn ddigon i wneud i unrhyw un grynu yn ei esgidiau. Edrychai fel anifail gwyllt oedd ar fin ymosod.

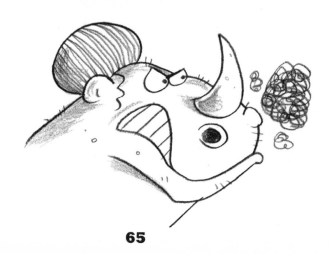

'Enw?' chwyrnodd.

'Siôn.'

'Wel, Siôn, wyt ti'n credu dy fod di'n archarwr yn barod, ac nad oes dim byd ar ôl gen ti i'w ddysgu?' gwaeddai'r athrawes. Ysgydwodd Siôn ei ben yn fud.

'Dwi ddim yn dy glywed di!'

'Na'dw, Miss,' meddai Siôn.

Gwelodd wynebau pryderus ei ffrindiau. Y tu ôl iddyn nhw roedd Tanc, bwli'r dosbarth, yn mwynhau pob eiliad.

'Beth am i ni weld sut un wyt ti?' meddai Miss Bonclust.

Diflannodd i'r cwpwrdd a dod yn ôl gyda set o bwysau. Gwyliodd Siôn yn ofidus wrth iddi ddewis dau bwysyn seis teiars tryc a'u gosod ar far metel. Safodd Miss Bonclust uwchben y bar yn gefnsyth.

'Cryfder, ymdrech ac uchelgais,' cyfarthodd. 'Gwyliwch fi.'

Plygodd ei phengliniau a chodi'r bar

at ei bron fel pe bai'n bren lolipop. Cododd
y bar uwch ei phen yn gwbl ddiymdrech.
Cymeradwyodd y dosbarth wrth iddi ollwng
y pwysau i'r llawr â chlec.

'Hawdd,' meddai. 'Nawr 'te, Siôn, dy dro di.'

Llyncodd Siôn ei boer. 'Fi?' meddai. Man a man iddo geisio codi bws deulawr! Plethodd Miss Bonclust ei breichiau.

'Wel? Dwi'n aros,' meddai.

Edrychodd Siôn ar y bar. Doedd dim gobaith ganddo. Unwaith eto, ceisiodd feddwl am ffordd o ddianc.

Plygodd dros y bar a'i ddal â'i ddwy law.

'Cefn yn syth, plyga dy goesau a CHODI!' cyfarthodd Miss Bonclust.

Anadlodd Siôn yn ddwfn, cau ei lygaid a thynnu'r bar. Ni symudodd y pwysau yr un fodfedd. Chwarddodd Tanc.

'TAWELWCH!' gwaeddodd Miss Bonclust. 'Defnyddia damed o nerth bôn braich, grwt! Ti'n wan neu beth?'

Cochodd Siôn. Anadlodd yn ddwfn a chydio yn y bar. Y tro hwn, fe'i cododd at ei bengliniau. Ond roedd ei goesau'n crynu ac plygu o dan y pwysau.

'LAN, LAN, LAN!' gwaeddodd Miss Bonclust.

Llwyddodd Siôn gael y bar at ei fron, ond roedd y pwysau'n ei dynnu am yn ôl. Roedd ei goesau fel jeli. O gornel ei lygad, cafodd gip ar wyneb yn y ffenest. Norman Llwyd oedd yno, yn ceisio dweud rhywbeth: 'Helô!' neu efallai 'HEEELP!'

Plygodd coesau Siôn fel cadair gynfas a syrthiodd yn ôl. Glaniodd y pwysau ar ei frest a'i ddal ar y llawr. Cododd Miss Bonclust y bar a chodi Siôn ar ei draed ag un llaw. Trawodd Siôn ar ei gefn gan wneud iddo golli ei wynt.

'ANOBEITHIOL!' cyfarthodd. 'Ond marciau llawn am ymdrech. Rho ddau dymor arall i fi, ac fe fyddi di'n ddyn!'

Roedd Siôn yn amau a allai oroesi dau dymor arall yng nghwmni Miss Bonclust, ond roedd ganddo bethau eraill i boeni amdanyn nhw. Pwyntiodd at y ffenest, ond doedd dim anadl ganddo i siarad.

'Da iawn, Siôn,' meddai Bari. 'Y Gemau Olympaidd nesa.'

'NORMAN!' ebychodd Siôn o'r diwedd. 'Roedd e wrth y ffenest!'

Trodd pawb mewn pryd i weld dau ffigwr yn brasgamu ar draws maes chwarae'r ysgol i gyfeiriad y gât. Roedd yr un tal â'r pen mawr yn llusgo Norman gerfydd ei fraich. Dechreuodd Pwdin gyfarth yn wyllt y tu allan i'r gampfa.

'I ble maen nhw'n mynd?' gofynnodd Ffion.

'Wn i ddim,' atebodd Siôn. 'Ond mae angen help ar Norman.'

Doedd dim amser i egluro'r sefyllfa wrth Miss Bonclust. Ymhen eiliadau yn unig, byddai'r ddau wedi diflannu. Roedd hon yn dasg i'r **Dewrion**.

Gwibiodd y pedwar archarwr allan o'r drws at y cae. Roedd Norman o'u blaen, ac edrychodd dros ei ysgwydd.

'HELP!' gwaeddodd. 'Herwgipiad! Lladrad! Llofruddiaeth!'

Er gwaetha'r dryswch, roedd yn amlwg i Siôn fod Norman mewn trwbl. Yn sydyn, trodd y ffigwr tal oedd yn gafael yn Norman i'w hwynebu. Ebychodd Siôn. Roedd gan y creadur gorff dyn a phen robot. A oedd prosiect gwyddoniaeth Norman wedi dod yn fyw a'i herwgipio go iawn?

'FFYLIAID! TWPSOD!' bloeddiodd y robot gwallgof. 'Ydych chi'n mentro herio TARAN?'

'Taran?' meddai Siôn. 'Pwy yn y byd yw hwnnw?'

Camodd Ffion ymlaen.

'Rydych chi wedi herwgipio ein ffrind,' mynnodd.

'Wel, nid ffrind yn hollol …' mwmiodd Bari.

Gwthiodd y robot mileinig Norman i'r neilltu. Trodd ei ben yn sydyn, a fflachiodd ei lygaid fel goleuadau rhybudd. '**SEFWCH DRAW!**' gorchmynnodd.

'Pam dylwn i wrando arnat ti, y bwbach tun?' gwaeddodd Ffion yn ôl.

Synhwyrodd Siôn na ddylai hi fod wedi dweud hynny. Cododd y robot ei ben a phwyntio at y nen. Ar unwaith, trodd yr awyr yn dywyll. Edrychodd Siôn i fyny.

'Dwi'n credu falle ddylen ni fynd dan do,' meddai.

'Paid â bod yn llwfrgi,' wfftiodd Ffion. 'Dim ond 'bach o law yw e!'

Ond nid glaw oedd e o gwbl. Aeth yr aer

yn drwm a berwai'r cymylau fel creigiau mawr, tywyll. Yn sydyn, gwelodd Siôn gorcsgriw du, anferth yn chwyrlïo tuag atyn nhw.

'CORWYNT!' ebychodd Bari.

Syllodd Ffion. 'Ti *yn* jocan! Does dim corwyntoedd i'w cael ffor' hyn.'

'Mae 'na nawr!' meddai Siôn. 'RHEDWCH!'

Trodd pawb a chwilio am gysgod. Rhuodd y corwynt, gan chwipio ar draws y cae a chodi rhwydi'r goliau allan o'r ddaear. Yr eiliad nesa, fe'u trawodd nhw ...

Pennod 6
Glanio

Syrthiodd Siôn o'r awyr.

Drwy lwc, fe laniodd ar rywbeth meddal
– tomen gompost Mrs Cacen, lle y taflai hi
weddillion cinio'r ysgol.

Cododd **y Dewrion**, gan frwsio talpau o wyau a moron oddi ar eu gwisgoedd. Tynnodd Siôn lwmp o datws stwnsh o'i wallt. Roedd e'n drewi o lysiau wedi pydru.

'YCH!' cwynodd.

'O leia ry'n ni'n fyw,' meddai Ffion. 'Does dim llawer o bobl yn goroesi corwynt.'

Edrychodd Siôn yn ôl dros y maes chwarae. Roedd y corwynt wedi mynd, gan adael difrod difrifol ar ei ôl. Roedd ffensys yn fflat ar lawr, a'r goliau wedi'u plygu'n blet. Yng nghanol y miri, roedd Norman a'i herwgipiwr robotaidd wedi diflannu. Y cwestiwn oedd, o ble daeth pwerau arbennig Taran?

Slwtsiodd Siôn at y drws a'i agor. Yn anffodus, roedd e wedi anghofio am y wers ymarfer corff.

'Ble wyt ti'n meddwl wyt ti'n mynd?' cyfarthodd Miss Bonclust.

'Ym … i newid?' meddai Siôn.

Plethodd yr athrawes ei breichiau cyhyrog.

'Cyn hynny, cer at y brifathrawes i egluro pam wnest ti adael fy nosbarth heb ganiatâd.'

'Ond roedd rhaid i ni ...' dechreuodd Ffion.

'Paid ateb yn ôl!' gwaeddodd Miss Bonclust. 'A chliriwch y llanast 'ma hefyd. Mae'n edrych fel tase corwynt wedi taro'r lle.'

Agorodd Bari ei geg i ateb, ond roedd un edrychiad gan Ffion yn ddigon iddo dewi. Aeth y tri drewllyd heibio i'w ffrindiau, oedd yn dal eu trwynau wrth iddyn nhw basio.

Deng munud yn ddiweddarach, safai Siôn
a'i ffrindiau yn swyddfa Miss Marblen, yn ceisio
egluro beth oedd wedi digwydd.

'Corwynt?' meddai Miss Marblen.

'Ie,' atebodd Siôn. 'Roedd e'n anferth –
mae'n rhaid eich bod chi wedi'i weld e!'

'Roedd y cyrtens ar gau,' meddai
Miss Marblen. 'Beth yn union achosodd y
corwynt yma?'

'Robot mileinig!' atebodd Bari. 'Neu o leiaf,
dyn â phen robot.'

'Mae'n galw ei hunan yn Taran,'

ychwanegodd Ffion.

Rhoddodd Miss Marblen ei chwpan ar ei desg.

'Wel, wir,' ochneidiodd. 'Dwi'n troi fy nghefn am eiliad, ac mae'r ysgol hon yn cael ei bygwth gan ddynion gwyrdd neu robotiaid gwallgof. Ac mae Norman yn ei chanol hi?'

Nodiodd Siôn. 'Ei robot e ddechreuodd hyn i gyd, ac mae e wedi cipio Norman,' meddai.

'Wel, dwi'n siŵr bod esboniad rhesymegol,' meddai Miss Marblen. 'O adnabod Norman, rhyw arbrawf wyddonol fydd y cyfan.'

'Dwi ddim mor siŵr,' meddai Siôn.
'Plis dewch draw i'r labordy gyda ni –
dyna lle mae'n cadw Albot.'

Cododd Miss Marblen. 'Iawn,' meddai,
'ond gobeithio nad ydych chi'n gwastraffu
fy amser prin i.'

Aeth y criw i'r labordy. Roedd y drws ar agor
ac roedd llanast dros bob man. Gorweddai
Albot ar y llawr – hynny oedd yn weddill ohono
– a doedd dim golwg o'i ben. Roedd arogl llosgi
yn yr aer.

Chi'n gweld?' meddai Ffion. 'Mae Norman wedi mynd ac mae ei robot mewn darnau.'

Edrychodd Siôn ar gorff di-ben Albot. Roedd e newydd gofio rhywbeth – dillad rhyfedd Taran: y siwt lwyd anniben a'r tei ofnadwy. Dim ond un dyn roedd Siôn yn ei adnabod a wisgai mor ddi-chwaeth â hynny ...

'Wmffra Wyn!' ebychodd. 'Fe yw e!'

'Fe yw beth?' meddai Miss Marblen.

'Y creadur sy wedi herwgipio Norman,'
meddai Siôn. 'Wmffra Wyn yw e! Mae e wedi
troi'n robot cas ag archbwerau.'

Gwgodd Miss Marblen. 'Ydy hynny'n
bosibl?' gofynnodd.

'Wel, ydy! Mae'n digwydd drwy'r amser
mewn comics,' atebodd Bari.

Edrychai Ffion yn bryderus.

'A'r robot 'ma – Wmffra – ydy e wir yn
gallu newid y tywydd?' gofynnodd.

'Nid dim ond ei newid e,' meddai Siôn.
'O beth weles i, mae e'n gallu gorchymyn i'r
robot wneud unrhyw beth. Pwy a ŵyr beth
wnaiff e nesa!'

Taclusodd Miss Marblen gorff Albot a'i roi
yn y cwpwrdd.

'Wel, dwi'n siŵr nad oes angen poeni,'
meddai. 'Mae Wmffra Wyn yn ddyn call a
synhwyrol; alla i ddim â dychmygu y byddai'n
gwneud unrhyw beth twp.'

Pennod 7

Eira mawr

Yn y cyfamser, mewn caffi yr ochr arall i'r
dre, roedd Taran yn mwynhau wy a sglodion a
chwpanaid o de cryf, ac yn cynllunio beth i'w
wneud nesaf. Gwyddai Norman fod pawb yn
syllu arnyn nhw. Wedi'r cyfan, roedd ei gyfaill
yn edrych fel bwystfil Frankenstein, a thasgai
gwreichion glas o'i ben.

'Dyw hi ddim yn deg,' cwynodd Norman.
'Pam wyt ti'n cael sglodion a dwi ddim?'

'Am mai fi yw **ARGLWYDD Y TYWYDD** a ti yw 'ngwas bach i,' chwyrnodd Taran. 'A dwi wedi dweud wrthot ti o'r blaen – galwa fi'n "**ARGLWYDD FEISTR**".'

Cnodd Norman ei fisged. 'Felly, beth nesa?' gofynnodd.

Ysgyrnygodd Taran.

'Beth nesa, Arglwydd Feistr?' ochneidiodd Norman.

'Cadw o'r golwg tra 'mod i'n meddwl am gynllun mawreddog,' meddai Taran. 'Dwi'n mynd i ddysgu gwers i fy ngelynion.'

'Pa elynion?' gofynnodd Norman.

'Yr holl bobl dwp yna wnaeth fy ngalw i'n ddiflas dros y blynyddoedd,' atebodd Taran. 'Fy hen fòs, beirniaid teledu, arbenigwyr, newyddiadurwyr, gwylwyr …'

Fy hen fòs

Fy Ngelynion

Beirniad teledu

Cymdogion swnllyd

Candelas

Warden traffig

Plant busneslyd

'Reit,' meddai Norman. Roedd honna'n rhestr hir. 'Ond beth alli di ei wneud? Chei di ddim o dy swydd 'nôl, nawr dy fod di'n, wel …'

'Yn robot?' meddai Taran. 'Does dim ots; dwi ddim eisiau fy swydd 'nôl. Pwy sydd eisiau bod yn ddyn tywydd tila? Na, o hyn ymlaen, dwi'n mynd i *greu*'r tywydd. A chred ti fi, bydd pawb yn gwybod amdana i erbyn y diwedd!'

Trawodd ei blât â'i ddwrn, a neidiodd sglodion i bob cyfeiriad. Bachodd Norman un yn gyflym a'i lowcio.

'Ond dim ond y tywydd yw e,' meddai. 'Dyw 'bach o law ddim yn mynd i godi ofn ar neb.'

''Sgen ti ddim dychymyg, was bach,' dwrdiodd Taran.

Symudodd ei lygaid robotaidd tuag at y sgrin deledu ar wal y caffi. Safai'r gohebydd tywydd yn wên o glust i glust o flaen y map, yn pwyntio at gylchoedd llachar o haul a oedd yn britho'r wlad.

Gwnaeth Taran sŵn fel peiriant argraffu â phapur wedi mynd yn sownd yn ei grombil.

Ymhen eiliad neu ddwy, deallodd Norman mai chwerthin roedd e.

'HE! HE! HE! Haul?' piffiodd. 'Gawn ni weld am hynny!'

Aeth at ffenest fudr y caffi a syllu ar yr awyr.

'Beth wyt ti'n ei wneud?' gofynnodd Norman. Roedd y cwsmeriaid eraill yn gegagored. Oerodd y sglodion ar blatiau pawb wrth iddynt aros i weld beth wnâi'r dyn â phen robot a llygaid tanllyd nesaf. Edrychodd Taran ar Norman, yna pwyntiodd at yr awyr.

Daeth cymylau ar wib o rywle, gan guddio'r haul. Edrychodd y siopwyr i'r awyr yn syn, oedodd plant wrth chwarae a rhedodd cathod dan geir. Roedd plu gwyn wedi dechrau syrthio o'r awyr.

'Mae'n bwrw eira!' gwaeddodd Norman. Rhedodd pawb at y ffenest a syllu allan.

'Amhosib – mae'n ganol haf!' bloeddiodd pawb.

'Mae'n wir! Eira – edrychwch!'

Y tu allan, roedd eira'n syrthio'n gyflym ac yn gorchuddio'r strydoedd. Llithrai ceir ar yr heol a rhedai plant gan weiddi mewn cyffro. Ymhen llai na munud, roedd y lluwchfeydd wedi cyrraedd y pengliniau, ac edrychai'r bobl yn eu trowsusau haf byrion yn hollol wirion.

Trodd Taran yn ôl at y sgrin deledu, lle'r oedd y gohebydd tywydd yn dal i addo heulwen braf.

'Welwch chi, y ffyliaid?' llefodd Taran. 'A dim ond y dechrau yw hun. Cyn hir, bydda i'n dod ag anhrefn i bob cwr o'r wlad, a gall neb fy rhwystro! Fi fydd yn RHEOLI'R BYD!'

Rhaid canslo pob gêm o Fôn i Fynwy

Mae ysgolion wedi cau
ac mae'r plant yn drist

Pennod 8

Haf o hyd

Diffoddodd Miss Marblen y teledu a throi at **y Dewrion**. Dyrnaid o blant – ac un ci – oedd wedi llwyddo i gyrraedd yr ysgol oherwydd y tywydd garw. Eisteddai'r criw bach yn swyddfa'r brifathrawes, yn gwisgo hetiau a sgarffiau ac yn yfed siocled poeth.

'Wel?' meddai Miss Marblen. 'Beth ydych chi'n meddwl am hyn?'

'Fe sy'n gyfrifol,' meddai Ffion. 'Wmffra Wyn.'

'Ond ei fod e wedi troi'n robot mileinig a chas,' eglurodd Bari.

Ochneidiodd Miss Marblen – robotiaid oedd waethaf. Roedd hi'n beio'i hun am beidio â chadw llygad manylach ar brosiect Norman. Pwy fyddai wedi meddwl y byddai Wmffra Wyn yn troi'n wallgofddyn ac yn bygwth y wlad?

Roedd hi wedi bod yn bwrw eira'n ddi-stop ers tridiau. Daeth Miss Marblen i'r ysgol ar sgis nad oedd hi wedi'u defnyddio ers oedd hi'n un deg naw oed.

Tynnodd ei sbectol a rhwbio'i llygaid.

'Ond pam herwgipio Norman?' gofynnodd. 'I beth?'

'Cofiwch mai Norman greodd Albot,'

meddai Siôn. 'Fe allai e fod yn ddefnyddiol.'

'Does dim llawer o amser gyda ni,' atgoffodd Ffion nhw. 'Roedd neges Taran yn dweud ei fod yn mynd i daro am ganol dydd fory.'

'Oni bai bod y llywodraeth yn talu,' meddai Siôn.

Ysgydwodd Miss Marblen ei phen.

'Triliwn o bunnoedd?' meddai. 'Alla i ddim hyd yn oed â chyfri gymaint â hynny.'

'Mi alla i,' honnodd Bari. 'Mae triliwn yr un peth â mil biliwn, felly o luosi …'

'Diolch, Bari, ry'n ni'n deall,' meddai Siôn.

' "Calon y deyrnas",' meddai Miss Marblen yn dawel. 'Beth mae hynny'n ei feddwl?'

Doedd gan Siôn ddim syniad. Fuoedd e ddim erioed yn un da am ddatrys posau.

'Caerdydd? Caeredin? Belffast? Llundain?' gofynnodd Bari. 'P'un yw calon y genedl?'

'Wel, Llundain yw'r ddinas fwyaf,' meddai Miss Marblen.

Meddyliodd pawb yn galed mewn tawelwch.

'Fase fe'n ymosod ar y Senedd yng Nghaerdydd?' awgrymodd Ffion.

'Neu ar Brif Weinidog Cymru?' meddai Siôn. 'Os yw e'n sôn am galon, efallai mai person fydd e.'

Saethodd Ffion allan o'i sedd. 'Y FRENHINES!' gwaeddodd.

'Mae rhai pobl – nid pawb, cofiwch – yn credu mai hi yw calon y Deyrnas Unedig. Mae e'n mynd i ymosod ar y frenhines!' Dechreuodd clustiau Siôn gosi mewn panig. Os oedd Ffion yn iawn, byddai Taran yn ymosod ar Balas Buckingham fory. Fe allai'r frenhines fod mewn perygl mawr, a dim ond nhw wyddai hynny.

'Mae hyn yn argyfwng!' llefodd Miss Marblen. 'Rhaid i ni wneud rhywbeth!'

'Dweud wrth yr heddlu?' awgrymodd Bari.

'Dwi ddim yn credu gwnawn nhw wrando,' meddai Miss Marblen. 'Ta beth, mae Palas Buckingham i fod wedi'i warchod ddydd a nos. Na, rhaid i rywun warchod y frenhines, a chi yw'r bobl hynny.'

'NI?' gwichiodd Siôn. 'Ond sut? Mae Llundain yn bell!'

'A bydd y ffyrdd yn llithrig!' ychwanegodd Ffion.

Edrychodd Bari drwy'r ffenest ar fws yr ysgol oedd wedi hanner ei gladdu yn yr eira.

'Miss Marblen,' meddai. 'Allwn ni gael benthyg eich sgis am funud? Mae gen i syniad.'

Jetiau hwbio

Aradr eira wedi'i greu o gatiau'r ysgol

Sgis o dan yr olwynion

PAID Â BOD YN DDA

BYDD YN WYC

EIDDO

YSGOL Y NERTHOL

Llawlyfr Canllaw Archarwyr

Popeth sydd angen i chi ei
wybod er mwyn achub y byd.

9

RHYBUDDION OLAF ENBYD

Yn eich barn chi, beth yw prif ddymuniad pob archdroseddwr? Gorchfygu'r byd, wrth gwrs. Fel arfer, maen nhw'n dechrau'n ifanc, gan ddwyn bocsys cinio plant iau, a phethau felly. Ond ymhen amser, byddan nhw'n gwneud pethau gwaeth, fel dwyn arfau neu wenwyno'r moroedd. Erbyn hynny, gallwch chi fod yn eithaf siŵr y byddan nhw'n cyhoeddi eu RHYBUDD OLAF ENBYD, rhywbeth yn debyg i hyn:

DR CASIAWN

B.A., M.A., C.A.S.

EICH ARCHDROSEDDWR LLEOL CYFEILLGAR

Annwyl Syr,
Mae gennych tan y wawr/
canol nos/nes 'mod i wedi
blino aros i drosglwyddo'r
aur/arian/arlywyddiaeth ...
neu fe fydda i'n tanio'r
arfau/dinistrio'r byd/
gwneud rhywbeth ofnadwy
o gas.

Cofion,

Dr CASIAWN

Dr Casiawn

Os cewch eich hunan wyneb yn wyneb â RHYBUDD OLAF ENBYD, bydd tri dewis gennych:

A) Ei anwybyddu

B) Ildio

C) Dod o hyd i'ch gelyn cyn ei bod yn rhy hwyr

Mae A) yn risg a B) yn ddrud, felly C) yw'r dewis gorau. Yn amlwg, does dim llawer o amser gyda chi, felly pam rydych chi'n gwastraffu munudau gwerthfawr yn darllen y llyfr hwn?

Peidiwch â chynhyrfu. Cofiwch nad oes unrhyw FYGYTHIAD OLAF ENBYD erioed wedi arwain at ddinistrio'r byd – ddim eto, beth bynnag. Mae tro cyntaf i bopeth.

Pennod 10
Dydd y Farn

Fore drannoeth, cyrhaeddodd y bws ysgol
Llundain o'r diwedd. Bu'n daith hir, drafferthus,
yn enwedig gan fod Miss Marblen yn gwisgo'i
sbectol ddarllen wrth yrru. Rhuthrodd **y Dewrion**
oddi ar y bws
ac aros i'w
coesau stopio
crynu.
Edrychodd
pawb o'u

cwmpas. Roedd strydoedd Llundain yn annaearol o dawel ac yn wag o draffig. Gorweddai'r eira ar y ddaear mor drwchus ac oer â phwdin reis Ysgol y Nerthol. Edrychai'r pistyll ar y sgwâr fel cacen briodas anferth a'r pibonwy yn hongian arni.

Roedd ychydig o bobl i'w gweld yma ac acw, ond heddweision ar ddyletswydd oedd y rhan fwyaf ohonyn nhw, am fod y ddinas dan wyliadwriaeth. Crynodd Siôn. Roedd Bari wedi dod â'r Menig Mega, gan fynnu y bydden nhw'n handi.

'Esgusodwch fi, fadam, ai chi sydd â'r bws?' gofynnodd sarjant wrth Miss Marblen. 'Allwch chi ddim â'i adael yn fan 'na, mae arna i ofn.'

Tynnodd hithau ei sbectol. 'Sarjant, rydyn ni wedi dod o bell, a does dim llawer o amser gyda ni,' meddai.

'Efallai ddim, ond allwch chi ddim parcio'n fan 'na,' mynnodd yr heddwas.

Ceisiodd Ffion egluro. 'Plis, mae hwn yn argyfwng,' meddai. 'Gallai'r frenhines fod mewn perygl!'

Edrychodd y sarjant ar eu gwisgoedd glas llachar a'u clogynnau coch. 'Sori, doedden i ddim wedi'ch adnabod,' meddai yn sych. 'Archarwyr ydych chi, sbo?'

'Ie,' meddai Ffion. 'Ni yw'r **Dewrion**. Fi yw Ffion Ffrisbi, dyma Crwtyn Cryf a Bari Brêns.'

'A Batman ydw i,' piffiodd yr heddwas, 'ond mae dal angen i chi symud y bws.'

Roedd Ffion ar fin dadlau, ond ysgydwodd Miss Marblen ei phen. Tra oedd hi'n delio â'r sarjant, aeth y lleill i chwilio am Balas Buckingham. Mi frysion nhw drwy'r strydoedd llawn eira, gan basio heddwas ar bob cornel.

'Ai dyma'r ffordd iawn? Shwt mae ei thŷ hi'n edrych?' gofynnodd Bari.

'Rhywbeth tebyg i hwnna, mae'n siŵr,' meddai Ffion gan bwyntio o'i blaen.

Ym mhen pella'r stryd, safai palas gwyn, enfawr. Roedd baner frenhinol ar y polyn i ddynodi bod y frenhines gartre. Roedd y palas wedi'i warchod gan gatiau haearn mawr, a milwyr mewn lifrai coch yn sefyll o'u blaen.

'Waw!' gwaeddodd Bari. 'Ife fan 'na mae'r frenhines yn byw?'

'Pwy arall?' meddai Ffion. 'Dewch, mae'n rhaid i ni fynd i mewn.'

Doedd hi ddim yn mynd i fod yn hawdd, gan nad oedd y ddau filwr eisiau siarad.

'Mae angen i ni weld y frenhines,' meddai Ffion wrthyn nhw.

'Ar frys,' ychwanegodd Siôn. 'Mae'n fater hynod hynod bwysig – am y tywydd.'

Safodd y milwyr fel delwau, yn syllu'n syth o'u blaenau.

'Anobeithiol,' ochneidiodd Siôn. 'Awn ni byth i mewn!'

Ar y gair, fe welodd Pwdin golomen dew yng nghlos y palas, a dowciodd o dan y gatiau gan redeg ar ei hôl.

'HEI! STOP!' gwaeddodd un o'r milwyr, gan ddeffro'n sydyn.

O fewn eiliadau, roedd y ddau filwr wedi rhedeg ar ôl Pwdin ac yn ceisio ei ddal.

Edrychodd Siôn ar Ffion.

'Awn ni mewn 'te, ife?' meddai.

Gan fod neb i'w hatal, i mewn â nhw drwy'r gatiau blaen.

'Beth nawr?' gofynnodd Bari, gan edrych i fyny ar y palas anferth. 'Canu cloch y drws a gofyn am y frenhines?'

Ond doedd Siôn ddim yn gwrando – roedd

ei glustiau'n cosi'n ofnadwy.
Chwipiai eira drwy'r awyr
wrth i'r gwynt godi.
Rhuthrodd Pwdin yn
ôl at Ffion a chyfarth.

'Mae'r storm ar fin cyrraedd!'
gwaeddodd Siôn. 'Well i ni guddio!'

Doedd dim lloches o gwbl i'w
gweld yn y clos, heblaw am bolyn y faner.
Roedd y gwynt wedi ffyrnigo o ddifrif erbyn hyn.
Cododd Siôn ei fraich, wedi hanner ei ddallu gan
yr eira, tra oedd Barri'n ceisio gwisgo'i fenig.

'Daliwch yndda i!' gwaeddodd.

'Pam?' gwaeddodd Siôn.

'Paid â dadlau, jest cydiwch yn dynn!'

Pwysodd y tri i wyneb y gwynt cryf.
Cydiodd Siôn yng nghanol Bari tra oedd Ffion
yn dal yn sownd yn Siôn ag un llaw a Phwdin
â'r llall. Glynodd menig Bari wrth y polyn
metel wrth i'r storm daro, a chodi eu traed
oddi ar y llawr.

Plygai coed yn y gwynt, hyrddiwyd ceir yr heddlu i lawr yr heol fel dail, a hedodd het ffwr un o'r milwyr heibio iddyn nhw ar ras. Caeodd Siôn ei lygaid a dal yn dynn yn Bari. Yna, mor sydyn ag y dechreuodd, gostegodd y storm a thawelodd y gwynt.

Syrthiodd **y Dewrion** i'r llawr yn glep.

'Doedd hi ddim mor wael â hynny,' meddai Bari, a'i wynt yn ei ddwrn. 'Dwi'n credu ein bod ni'n ddiogel nawr.'

'**SORI I'CH SIOMI CHI**,' meddai llais. Edrychodd Siôn i fyny, a gweld ffigwr brawychus yr olwg. Roedd Taran wedi cyrraedd.

Pennod 11

Brwydr frenhinol

Cododd **y Dewrion** ar eu traed yn sigledig.
Nadodd Pwdin a rhedeg i guddio tu ôl i Ffion.

'Wel, beth yw hyn?' meddai Taran.
'Ffrindiau ysgol i ti, Norman?'

Crychodd Norman ei drwyn. 'Na, ddim
felly,' atebodd yn gas. 'Maen nhw'n galw
Y Dewrion ar eu hunain, ond byddai
Yr Anobeithiol yn nes ati.'

'O leia ry'n ni ar yr ochr iawn,' chwyrnodd
Siôn. 'Beth yw dy esgus di, Norman?'

Wfftiodd Norman. Nid fe oedd ar fai
am greu robot mileinig oedd yn ceisio
gorchfygu'r byd. Gallai hynny fod wedi
digwydd i unrhyw un.

Tynnodd Ffion y ffrisbi o'i belt.

'Rhowch y gorau i'ch cynllun,' meddai.
'Chewch chi ddim mynd yn agos at y frenhines.
Mae'r heddlu ym mhob man.'

'Wir?' Trodd pen y robot atyn nhw.
'Rhyfedd. Wela i ddim un ohonyn nhw'n
unman,' meddai.

Y tu hwnt i'r gatiau, gallai
Siôn weld bod y strydoedd
yn hollol wag.
Roedd y
corwynt wedi
chwythu
popeth i
ffwrdd, ar
wahân i un
car heddlu
oedd yn
sownd
mewn coeden.
Os oedd brwydr ar droed,
dim ond nhw fyddai'n rhan ohoni.

'Ewch o 'ma, blantos,' meddai Taran.
'Dyma'ch rhybudd olaf chi.'

'Gwell i chi wrando,' cydsyniodd Norman.

Doedd Ffion ddim yn gwrando. Yn sydyn, saethodd ei ffrisbi drwy'r awyr a tharo'r robot rhwng ei lygaid.

Ysgydwodd y robot ei ben fel pe bai cleren newydd lanio arno.

'Ddylet ti ddim fod wedi gwneud hynna,' meddai. 'Fy nhro i yw hi nawr.'

Dechreuodd clustiau Siôn gosi. Roedd ganddo deimlad gwael am hyn.

BU'N BWRW HEN WRAGEDD A FFYN

SYRTHIODD CENLLYSG MAINT PELI

aaaw

DISGYNNODD Y TYMHEREDD I 30 O DAN SERO A CHWYTHODD STORM IÂ FILAIN O'R GOGLEDD

AR ÔL IDDI BASIO ...

'Ydych chi'n ildio?' holodd Taran.

Roedd dannedd Siôn yn rhincian.

'B-b-byth …'

'Chi'n gwastraffu fy amser i nawr,' rhochiodd y robot. 'Dwi ddim yma i chwarae gemau. Ble mae'r frenhines?'

'Mas,' atebodd Ffion. 'Mae hi wedi mynd … â'r cwn am dro.'

'Ti'n meddwl 'mod i'n dwp?' chwyrnodd Taran. 'Mae hi'n cuddio yn y palas, ond wnaiff hynny mo'i hachub hi.'

'Wnei di ddim brifo'r frenhines,' meddai Siôn.

'Na?' atebodd Taran. 'Cofia nad ydw i'n fod dynol rhagor, ac yn wan fel ti. Dwed wrtha i, welaist ti storm mellt a tharanau erioed?'

'Naddo,' meddai Ffion.

'Wyddost ti ddim, felly, nad oes neb yn gwybod ble fydd mellten yn taro,' chwarddodd Taran, a'i lygaid yn pefrio. 'Gall adeiladau cyfan droi'n fflamau, hyd yn oed palasau brenhinol.'

Edrychodd Siôn i fyny at ffenestri Palas Buckingham. Roedd y frenhines mewn fan 'na yn rhywle, ac roedd hi mewn perygl. Roedd rhaid iddyn nhw wneud rhywbeth – ond beth? Tasen nhw ddim ond yn medru codi maes grym o gwmpas y palas … Y cwbl oedd ganddyn nhw oedd menig magnetig Bari. Fyddai'r rheiny fawr o werth! Yna, dechreuodd Siôn gofio rhywbeth ddysgodd e mewn gwers wyddoniaeth. Dyma'u hunig obaith.

'Bari,' meddai, gan sibrwd yn uchel. 'Paid â gadael iddo gael y menig!'

'Menig?' Trodd pen Taran i'w hwynebu.

Cuddiodd Bari'r menig y tu ôl i'w gefn, ond roedd hi'n rhy hwyr.

'Rho nhw i fi!' gwaeddodd Taran, gan estyn
ei law. 'O, ie, y menig *hyn*. Atgoffa fi beth maen
nhw'n ei wneud?'

'Pob math o bethau,' meddai Siôn gan feddwl
yn chwim. 'Maen nhw'n arbed pwy bynnag sy'n
eu gwisgo nhw rhag perygl.'

'Ydyn nhw?' gwgodd Bari. Wyddai e ddim
am hyn. Beth yn y byd oedd Siôn yn ceisio'i
wneud? Roedd fel petai e eisiau i'r robot gael
y menig.

'Mi gadwa i nhw, felly,' meddai Taran, a'u gwisgo. 'Nawr, ble o'n i?'

'Y storm,' atgoffodd Siôn y robot.

'Wrth gwrs,' meddai Taran. 'Roedden nhw'n arfer fy ngalw i'n ddiflas – Wmffra Wyn diflas – wel, beth am hwn? Ydy hwn yn ddiflas? Arhoswch am y tân gwyllt!'

'Ond Feistr …' dechreuodd Norman.

'Tawelwch, y ffŵl!' rhuodd Taran.
Pwyntiodd at yr awyr a chlywyd dwndwr isel
taran ar unwaith. Llefodd Pwdin a chuddio'i
lygaid â'i bawennau. Eiliadau yn ddiweddarach,
fflachiodd mellten anferth drwy'r awyr ddu.

'HE! HE! HE!' chwarddodd y robot
mileinig, a chamu'n ôl i fwynhau'r sioe.

'Un cam arall ...' meddai Siôn o dan ei
wynt.

Rhuthrodd Siôn, Ffion a Bari draw ato. Heb ei helmed robot, oedd wedi hen falu, edrychai Wmffra Wyn mor ddiniwed â bochdew bach, er ei fod wedi llosgi braidd mewn mannau.

'Dysges i hwnna mewn gwers wyddoniaeth,' meddai Siôn. 'Peidiwch byth â sefyll dan goeden mewn storm – na pholyn chwaith.'

Roedd sŵn seiren yn nesáu. Wrth iddyn nhw aros am yr heddlu, agorodd gât y tu ôl iddyn nhw. Camodd menyw â gwallt llwyd yn gwisgo cot las drwy'r gât i gyfeiriad gerddi'r palas, a chriw o gorgis bach cynhyrfus yn ei dilyn. Oedodd i chwifio ar y criw cyn diflannu drwy'r drws ac i mewn i'r palas.

Safodd y Dewrion yn stond am eiliad, yn gwbl fud.

'Ife … ym, ai hi oedd honna?' gofynnodd Ffion.

Nodiodd Siôn ei ben. 'Ac mi *oedd* hi wedi mynd â'r cŵn am dro wedi'r cyfan!'

Pennod 12
Diolch brenhinol

Y dydd Llun wedyn, galwyd Siôn a'i ffrindiau i swyddfa Miss Marblen. Y tu allan, roedd yr awyr yn las perffaith. Roedd dyddiau cynnes yr haf wedi dychwelyd ar ôl y gwyntoedd, yr iâ a'r stormydd eira a fu'n creu hafoc.

'Wel,' meddai Miss Marblen. 'Roedd hwnna'n agos, ond diolch i chi, mae'r wlad yn ddiogel a chafodd neb niwed.'

'Ar wahân i Wmffra,' nododd Siôn. 'Fydd e'n iawn?'

'Mae e'n dal yn yr ysbyty, dwi'n meddwl,' meddai Miss Marblen. 'Dwi'n siŵr bydd ei aeliau'n tyfu 'nôl cyn hir. Mae e'n honni nad yw'n cofio dim byd.'

'Roedd rhywfaint o fai ar Norman,' mynnodd Ffion. 'Digwyddodd rhywbeth pan wisgodd Wmffra helmed y robot yna. Aeth y pŵer i'w ben ar unwaith.'

'Dwi'n cytuno, Ffion,' meddai Mis Marblen.

'A dwi wedi siarsio Norman na fydd rhagor o robotiaid o hyn ymlaen. Os yw e eisiau arbrofi, gall e helpu Mrs Cacen yn y gegin.'

Cododd Siôn ei aeliau. Norman yn helpu yn y gegin? Roedd cinio ysgol yn ddigon gwael heb help Norman!

'Ai dyna pam roeddech chi eisiau ein gweld ni?' gofynnodd Ffion.

'O na, ro'n i wedi anghofio,' meddai Miss Marblen. 'Daeth llythyr i chi'r bore ma.'

Rhoddodd hi'r llythyr iddyn nhw. Gwelodd Ffion fod arfbais ar yr amlen.

'Dwi'n credu mai o Balas Buckingham ddaeth hwn,' meddai Miss Marblen.

Rhwygodd Ffion yr amlen a thynnu llythyr ohoni. Closiodd y lleill er mwyn ei weld.

Y FRENHINES
Fflat 2, Palas Buckingham, Llundain

Annwyl Blant,

Dwi'n cael ar ddeall bod achos gen i i ddiolch i chi. Clywais fod unigolyn rhyfedd o'r enw Tarian (neu rywbeth tebyg) wedi torri mewn i dir y palas ac wedi gwneud bygythiadau cas. Dwi'n casglu mai'r un unigolyn sy'n gyfrifol am y tywydd ofnadwy sydd wedi dinistrio fy mefus. Dwi'n hoff iawn o fefus, ond ddim o fygythiadau cas. Mae'r heddlu wedi dweud wrtha i eich bod chi wedi dangos dewrder mawr wrth ddal y person yma, felly dwi'n diolch yn fawr i chi. Y tro nesaf byddwch chi yn Llundain, galwch heibio i'r palas i gael ei weld – heb dalu'r tâl mynediad.

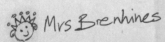

Ei Mawrhydi, y Frenhines

ON Mae arnoch chi £75.50 i mi
am drwsio polyn un o'r baneri.

Syllodd Siôn yn syn. 'Y frenhines!' ebychodd. 'Mae'r frenhines wedi ysgrifennu aton ni!'

'Dim ond achos ei bod eisiau polyn newydd,' meddai Bari.

'Paid â bod yn wirion,' meddai Miss Marblen. 'Nid pawb sy'n cael llythyr personol oddi wrth y frenhines – dylech chi i gyd fod yn falch.'

Sythodd Siôn ei gefn. Fyddai ei fam fyth yn credu hyn!

'Gyda llaw, Bari, meddai Miss Marblen. 'Sut mae'r ddyfais yna greaist ti? Menig hud, ie?'

'Menig Mega – rhai magnetig,' cywirodd Bari hi. 'A nhw achubodd ein bywydau ni, fwy na thebyg.'

'Wir?' meddai Miss Marblen. 'Gaf i eu gweld nhw?'

Dangosodd Bari'r menig sgleiniog iddi a gwisgodd y brifathrawes nhw.

'Felly beth ddylwn i ei wneud nesa, yn gwmws?' gofynnodd.

'Pwyntio at unrhyw beth metel, ond byddwch yn ofalus – maen nhw'n bwerus,' rhybuddiodd Bari.

Edrychodd Miss Marblen o'i chwmpas a gweld y siandelïer yn hongian o'r nenfwd.

'Beth am hwnna?' awgrymodd.

Edrychodd Siôn yn bryderus. 'Arhoswch,' meddai. 'Falle fod hwnna braidd yn ...'

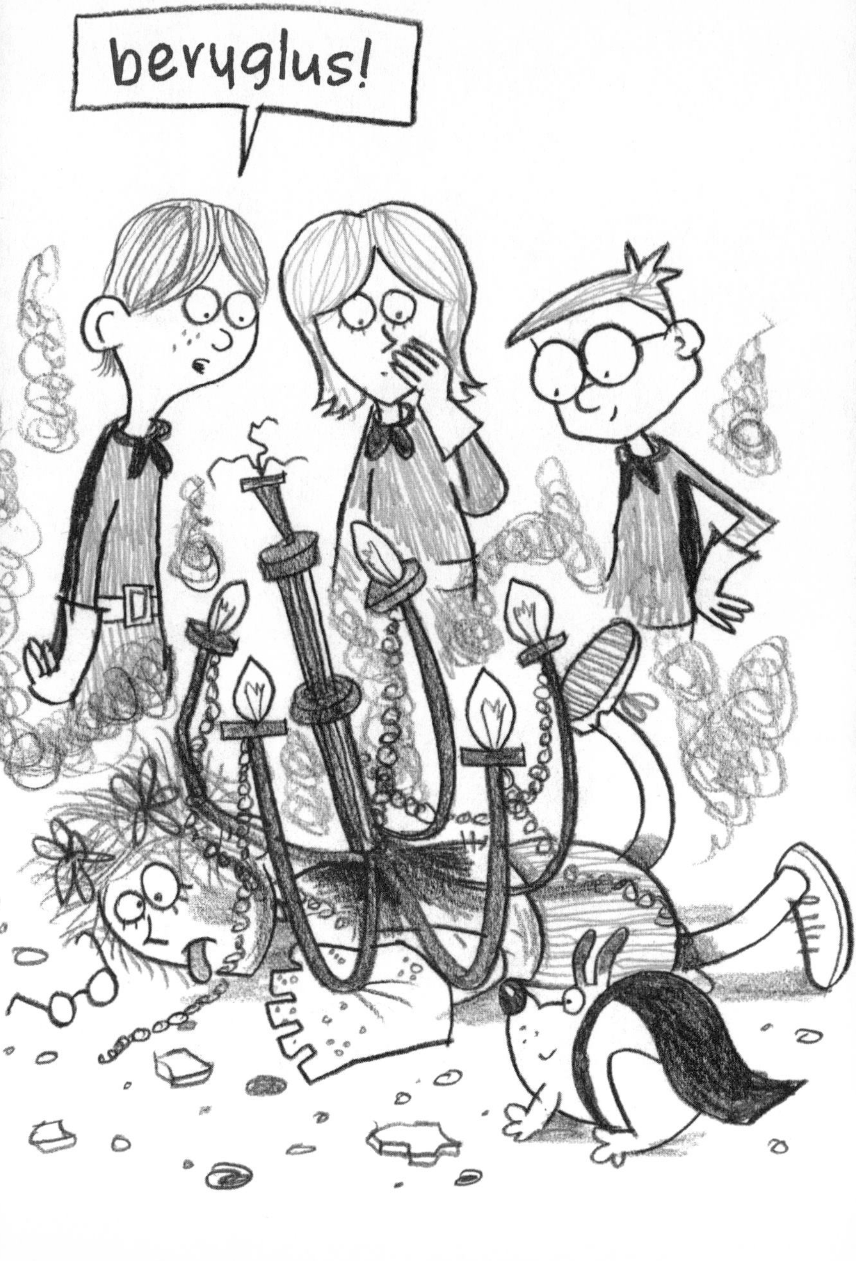
beryglus!

Chwiliwch am ragor o straeon

ACADEMI ARCHARWYR

Chwiliwch am ragor o straeon

ACADEMI
ARCHARWYR

Chwiliwch am ragor o straeon

ACADEMI ARCHARWYR

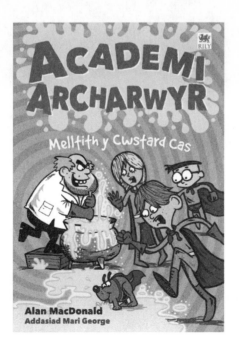

Hwyl a sbri wrth ddarllen gyda Rily